LES MEMOIRES DE MON PERE

Les mémoires de mon père
(et de mon grand-père)

LES MEMOIRES DE MON PERE

Mon père a laissé des documents d'histoire qu'il m'a légué par ce que personne d'autre que moi n'en voulait assurément.

Ce sont des recueils d'histoire, de notes, de cahier de souvenirs, de blagues et de jeux de mots. Né en 1921, il aurait 102 ans cette année et il s'est pourtant éteint jeune en 1983 à l'âge de 62 ans terrassé par une rupture d'anévrisme à l'aube de sa retraite tant méritée. Etienne a laissé là toute sa mémoire et je lui rend hommage pour le laisser encore vivre un peu dans vos mémoires aussi fugaces soit-elle.

J'ai conservé toutes ses notes ainsi que certaines provenant de son père, donc mon grand père, Marcel, qui lui a connu la première guerre mondiale. Tombé au front et médaillé de la première heure pour ses actes héroïques, il avait un humour a toute épreuve et j'ai décidé de rajouter quelques histoires drôles sans les distinguer de celles de mon père, une sorte d'honneur à la lignée plutôt qu'une biographie qui ne me servirait pas. Voilà la trame de ce livre, de vraies histoires tirées du sac.

L'auteur

Jean-louis PENIN, Auteur, est Formateur Coach Thérapeute depuis plus de vingt ans, Maître en Programmation Neurolinguistique et en Hypnose Ericksonienne, Relaxothérapeute et Sophrothérapeute diplômé, masseur Rebouteux à ses heures, il a formé plus de cent Coach Thérapeutes SDHEA

Praticien sur le terrain, Jean-Louis PENIN est l'auteur d'un livre de vulgarisation de toutes ces techniques sous le titre « MODE D'EMPLOI POUR UN MONDE NOUVEAU », et aussi d'un livre pour les professionnels du monde médical, et pour les futurs professionnels intéressés par l'aide à autrui. « COURS DE COACHING THERAPEUTIQUE SDHEA » tous deux en vente chez l'éditeur www.BoD.fr. et en librairie.

Il a écrit également un livre sur les poèmes d'amour du coup de foudre et un livre sur l'analyse des systèmes.

Il édite ici les mémoires de son père et de son grand père afin que celles-ci ne tombent pas dans l'oubli. Il y a aussi quelques poèmes.

Ecrire, c'est laisser un peu de mémoire vous envahir. Ici, c'est sur l'air de la bonne humeur, de la blague sous toutes ses formes .

SUR UNE ROSE

La vie ardente et douce est, dans cette rose
Ou la pluie a laissé ce frêle diamant
Tout son charme attendri la languissante pose
Sa fraîcheur éclatante et son parfum troublant
Tout en elle à l'attrait de la grâce légère
De ce qui doit mourir jeune, en pleine beauté
Car sa royauté douce, hélas ! est éphémère
À peine mesurant deux aurores d'été
En elle nous aimons jusques à ses épines
Qui pour la posséder nous blessent jusqu'au sang
Quel bien n'est acheté par les larmes divines
Et ne nous est plus cher après l'effort plus grand

POEME EN P

Petit poème parvenu par postillon par Paul PAPIN, pêcheur professionnel place paradis poissonnière, Paris

Pauvre pêcheur persévérant, patiemment pour prendre petits poissons. Par précaution prends paletot, pardessus, pliant puis parapluie préservateur parfait pour pluie. Par prudence prends panier pas percé pas pour petits poissons, pêche pendant période permise par préfet.

Pour pitance prends pain, pâté, parmesan, pommes, poires et pêches plus petits pots pour pâtisserie, plus petits pots pour parfaire piquelle.

Pour payer péages prévoyons passer par point payant prends petites pièces pécuniaires. Puis pars pédestrement pour pêcher par prairie, parcours prudent. Pêche patiemment pour prendre perches. Parle peu par précaution, puis panier plein pour Pauline.

HISTOIRE DU SORT DES COMBATTANTS

On raconte dans l'armée anglaise le sort des combattants de la seconde guerre mondiale. En Angleterre, ou bien vous êtes dans la Royal Navy ou dans la Royal Air Force.

Si vous êtes dans la Royal Navy pas de problème

Si vous êtes dans la Royal Air Force, ou bien vous êtes pilote, ou bien vous êtes parachutistes.

Si vous êtes pilote, pas de problème, mais si vous êtes parachutiste alors de deux choses l'une, ou bien on vous parachute, ou bien on ne vous parachute pas.

Si on ne vous parachute pas, pas de problème, mais si on vous parachute de deux choses l'une, ou bien vous tombez dans les lignes alliées, ou bien vous tombez dans les lignes ennemies.

Si vous tombez dans les lignes alliés, pas de problèmes, mais si vous tombez dans les lignes ennemies, de deux choses l'une, ou bien ils vous prennent, ou bien ils ne vous prennent pas.

S'ils ne vous prennent pas, pas de problème, mais s'ils vous prennent, de deux choses l'une, ou bien ils ne vous condamnent pas à mort, ou bien ils vous condamnent à mort.

S'ils vous condamnent à mort, pas de problème, mais s'ils ne vous condamnent pas à mort, alors de deux choses l'une, ou bien ils vous fusillent, ou bien ils ne vous fusillent pas.

S'ils ne vous fusillent pas, pas de problème, mais s'ils vous fusillent alors de deux choses l'une, ou bien ils vous enterrent, ou bien ils ne vous enterrent pas. S'ils vous enterrent, pas de problème, mais s'ils ne vous enterrent pas et qu'ils vous passent au four crématoire alors de deux choses l'une, ou bien ils jettent vos cendres, ou bien ils en font du papier hygiénique. S'ils jettent vos cendres, pas de problème, mais s'ils en font du papier hygiénique, alors c'est là que les petits emmerdements commencent.

LE COIN DE NOS POËTES

Voici un envoi fort forestier de notre ami Marcel PAPIN (mon grand père) qui l'a fait à la résidence Guynemer dans le mois de sa 86° année.

Ce sont selon notre ami, les conseils ou recettes humoristiques destinés aux membres du club du 3ème âge qui désire parvenir au 4ème âge.

Il est merveilleux qu'à quatre vingt cinq ans d'encore HETRE

Avec la santé, une partie de ses facultés et pas un PEU PLIER

Et de la vie goûtant et appréciant encore les CHARMES

Mais pour y parvenir, il ne faut surtout pas comme les ois IFS

Abandonner complétement le BOULEAU

Sans toutefois aller jusqu'à ce que la fatigue vous FRENE

Et savoir se libérer chaque année de certaines CHÊNES
Pour faire une cure soit à la mer, ou dans les landes au pays des PINS
A la montagne, ou dans notre belle Alsace au milieu des SAPINS et sans vouloir prétendre être exempt de tout PECHERS
En ne méprisant ni le vin, ni l'alcool, éviter de s'y NOYER
Leur préférer l'eau minérale le lait et le TILLEUL
C'est ainsi qu'adulé, choyé par tous ses proches en vén ERABLE
Il est possible de poursuivre joyeusement son chemin jusqu'à ce que l'on s'end ORME
De son dernier sommeil, pour aller reposer en paix dans le SAULE
De ce grand jardin planté de tuyas et de CYPRES.

LES FUNERAILLES

Voici un faire part de funérailles de Céline Denneulin qui fut ma grand-mère.

On aura remarqué la présence de notable qui correspond à l'époque ou un enterrement n'était pas qu'une simple formalité envoyée en crématoire mais un véritable défilé de personnalités qui y participaient.

BETHUNE – A L'OMBRE DE NOS CLOCHERS
Les funérailles de Madame Céline DENNELIN

Devant une assistance extrêmement nombreuse ont eu lieu mercredi à 10 h en l'église Saint Vaast, les funérailles de Mme Marcel Papin, née Céline Papin-Denneulin commerçante, décédée à son domicile, Bd Général Leclerc dans 72ème année.

Mme Papin était titulaire de la médaille d'honneur de la famille Française membre de la ligue féminine d'A.C.F.

La levée lu corps fut faite au domicile mortuaire par Mr l'abbé Denoeud, vicaire de la paroisse St Vast.

Le deuil était conduit par toute la famille.

Dans l'assistance, on notait la présence de Mr Henri Pad, maire de Béthune, les adjoints et conseils municipaux, l'abbé Vangelhuve aumônier de l'hôpital, L'Abbé Pronier, curée d'Annezin, l'Abbé Paquet, Curé de Vendin les Béthune, l'Abbé Robay, Professeur au collège St Vast, le Compte et la Comtesse d'Arnoux, de Fouquières, le Comte d'Espel, Fonteyne, Directeur de l'Ecole Notre Dame de

Lourdes, Pécourt, Président des Anciens de L'Ecole Libre, le Docteur Bens, Le Docteur Flouquet, Guy Mellin, Pharmacien, Monsieur Deruy officier ministériel à Fruges, A Carlier, Prévot de la Confrérie des Charitables, Messieurs Deprez et Levier, Notaires, D Marant Directeur de Banque honoraire, Monsieur Devaux, Avoué, Camus et Lannes Pharmaciens, A decourcelle, R Druon, Marien, et G Lorraine, négociants, A Vermesesch négociant en vins, G Guillemant, Président honoraire de la chambre de Commerce, Goetgeber, Directeur Général de la Sobéal, et bien d'autres personnalité encore.

La messe de Requiem fut célébrée par M. l'abbé Denoeud et c'est M. l'abbé Leleu qui donna l'Absoute en présence de Monseigneur Vittu, Archiprêtre de Béthune.

Le corps fut ensuite transporté par les Confrères Charitables au cimetière Nord où se fit l'inhumation dans la sépulture de la famille dans la sépulture de la famille.

Nous renouvelons à Mr. Marcel Papin et à toute sa famille nos sentiments de sincère condoléances

MINI DICTIONNAIRE HUMORISTIQUE

Adam : La mort de mère Eve
Apéritif : Verre de contact
Bélier : Coq au vin
Bataille : Elle peut être perdue après avoir été rangée.
Bonaparte : C'est sous Napoléon que son histoire se corse.
But : marque laissée par un coup de pied
Cure : Régime approprié à une mauvaise constitution.
Caréner : Faire un neuf à la coque.
Charron : Il fait la roue avec des pans
Clownerie : pointe à pitre
Courrier timbré : qui accélère au rouge et ralenti au vert
Contribuable : pompe de service
Couturière : ouvrière employant son patron.
Croûte : article de bas art

Costume ; plus on le porte plus il se fatigue
Dispute : gros mots croisés
Douloureuse : le coup de l'étrillé
Décoration : Elle met la poitrine en valeur
Douille : peau de balle
Etourderie : légèreté qui peut peser lourd
Epoque : la beauté n'est plus qu'un souvenir
Elan : Il devance l'appel
Enfant : fruit qu'on fit
Eau : plus elle est pompée, plus elle est fraîche.
Front : région à rides
Fessu : l'épais dans les reins
Galette : avoir et à manger
Langue : on la fait tirer pour voir si elle est chargée
Mie : partie du pain obtenue avec levain
Marius : mangeur d'olives
Obèse : il pêche à la ligne

Œuf : sont plus unis quand ils sont brouillés
Œil : il est fermé la nuit pour cause de réparation
Puce : elle saute aisément d'un sujet à l'autre
Parisien :capitaliste
Poisson : s'étrangle quand il prend la mouche
Parapluie : on t'aime quand on sent les gouttes
Paresseuse : la reine des cosses
Pansement : gardien de la plaie
Publicité : entreprise de battage pour faire du foin
Poitrine : coquine plus agressive quand elle est en prison
Règlement : dada du gendarme à pied
Rostand : champion pour tirer les vers du nez
Sucre : bien vu au palais, il est mal vu à la couronne
Soleil : il se démasque pour faire ses coups

Sein : fluxion de poitrine
Sardine : on la voit toujours au bras des sous officiers
Sueur : elle coule à la sortie du pore
Truite : vous avez beau l'asticoter, elle prend difficilement la mouche
Trépassé : responsable d'une fausse nouvelle
Traitre : poteau indicateur
Truie : Elle doit être conduite à bon port avant d'entrer en pleine mère
Troupe : son enfant deviendra son homme
Ville : a besoin de bretelles, quand elle fait craquer sa ceinture
Vertu : ce que l'on demande seulement à sa femme
Voltaire : il a fait son entrée à l'académie dans un fauteuil
Yatagan : bistouri pour tête de turc
Zéro : numéro sans précédent

LA PENICILLOTHERAPIE

Guérison infaillible par les piqûres anticas. N'hésitez pas même si vous ressentez aucun malaise à vous faire ausculter Car avec la pénicillothérapie
On triomphe de toutes les maladies :
Ce qui importe c'est de savoir ou le cas niche
Si vous souffrez de la tête c'est le cas haut
Si vous souffrez des pieds, c'est le cas bas
Si vous souffrez d'un coup de soleil, c'est le cas d'astre
Si vous souffrez à la suite d'une violente averse c'est le cas d'eau
Si vous souffrez d'un excès de boisson c'est le cas saoulé
Si vous souffrez depuis peu de temps c'est le cas récent
Si vous avez la fièvre c'est le cas chaud

Si vous toussez bruyamment c'est le cas huant
Si votre intestin fonctionne normalement c'est le cas libre
Et s'il fait entendre des bruits insolites c'est le cas rillon.

TOUT LE MONDE A SON LANGAGE

Les fleurs, les animaux et même les fruits ont leurs langages.

L'orange dit à sa sœur orange, et bien tu ne fréquentes plus citron ? Ah non, il a eu un mauvais zeste et je crois que je vais avoir des pépins.

La mandarine du Maroc est revêtue d'une belle robe en papier de sois pour faire un beau voyage en bateau jusque Marseille, dirigée sur Rungis, puis chez un grossiste en fruit, revendue à un détaillant. Le client enlève le papier pour la langer alors elle se met à pleurer, le beau papier lui dit. Pourquoi pleures-tu ? c'est parce que je vais être mangée ! Ne pleure pas lui dit le papier, nous nous retrouverons à la sortie !

L'araignée apercevant près de sa toile une petite mouche lui dit : Vien petite mouche je vais t'apprendre à tisser. Oh non dit la petite mouche, je préfère filer.

Une famille escargot rencontre une famille limaces ; aussitôt le père escargot dit à ses enfants : Fermez les yeux, voilà des nudistes !

La chèvre demande à sa sœur : qu'as-tu fait hier ? J'ai bouquiné...

La mite demande à sa sœur : Que fais-tu dimanche ? J'ai l'intention de traverser la manche ! et toi ? Moi j'ai l'intention d'aller au théâtre et d'y faire des doublures.

Animaux non satisfait du créateur : mes chiens parce qu'on leur a fait des niches ; l'éléphant parce qu'on l'a trompé ; et la girafe parce qu'on lui a monté le cou !

L'ENTERREMENT DU TRAPISTE

Un grand malheur est arrivé à l'abbaye ; j'ai la pénible mission de vous en faire part.

Mardi soir, pendant que l'abbé Nédiction donnait le salut, l'abbé Quille est tombé dans les bras du Père Iscope. Vous pouvez juger de la stupéfaction générale. Tous les révérends pères pleuraient en particulier le père Du qui perdant l'abbé Quille perdait son seul soutien. Un seul était joyeux : le père Fide. Quand à l'abbé Tise il n'y comprenait rien. On alla chercher le père Manganate et le père Itoine. Les deux médecins de l'abbaye essayèrent de ranimer le malheureux, mais leurs efforts furent vains. Le lendemain, fut donc célébré son enterrement. Chacun fut appelé par les cloches de ce célèbre monastère, sonnées par le père Sonnage. La messe fut dite par l'abbé Canne, sur une musique de l'abbé Toven et l'abbé Rlioz. Le père Hoquet fut chargé du sermon et comme il n'y avait plus de chaire, il monta sur les épaules du père Choir. Le père Septeur fit la quête. A la fin de la messe, une grande discussion s'engagea au sujet du chemin à prendre, l'abbé Trave et l'abbé Casse ainsi que le père Dro voulaient passer à travers champs. Le père Du s'y opposait fermement. Le père Plex hésitait, le père San avec sa tête de turc ne voulait rien entendre. Les deux pères Huques s'arrachait les cheveux, le père Vers et le père Nicieux semaient le doute dans les esprits ; et enfin le père Il était grand, tout le monde se rangea à son chemin. Le père Spective regardait au loin. L'abbé Résina rêvait de glace. Au cimetière devant la tombe creusée par le père Forateur, en l'absence du père Missionnaire, le père Petuel et le père Manant firent un discours sur l'éternité. Le père Venche et l'abbé Gonia fleurirent la tombe pendant que l'abbé

Reybasque se découvrait. On recouvrit la pierre tombale gravée par l'abbé Dame et préparée par l'abbé Tonneuse. Sur le chemin, le spectacle était déchirant. Le père Pendiculaire était courbé de douleur, l'abbé Noire était en larmes. Egaré, le père Du fut retrouvé en rentrant au couvent. Le père Sile, l'abbé Queté, l'abbé Chamel préparaient le repas. Tandis que le père Naud, l'abbé Nédictine et le père Kolateur servirent à boire.

Votre ami l'abbé hennecéi.

LA CONSCIENCE

Chassé du paradis et de la terre sainte
Caïn le fils d'Adam se croyant hors d'atteinte
Un soir d'été vola chez sa sœur Anouya
Deux livres de pruneaux sur sur l'heure il mangea
Mais à peine avait-il fini qu'au ciel livide
Il apparut un œil grand ouvert dans le vide
Et cet œil effrayant semblait au ravisseur
Demander qu'as-tu fait des pruneaux de ta sœur
Alors Caïn sentit sur l'heure dans ses entrailles
Gronder un bruit pareil à celui des batailles
Et s'en alla chercher un endroit écarté
Ou de rêver en paix on ait la liberté
Il s'arrêta enfin dans le fond d'une grotte

Et retira tremblant un bouton de culotte
Mais l'œil qui le suivait cria d'un air vendeur
Caïn, tu garderas les pruneaux de ta sœur
Et le voleur chargé du fardeau de ses crimes
S'enfuit dans un chalet à 0,5 centimes
Puis croyant être seul sous ce toit protecteur
Il défit sa bretelle en disant Oh bonheur
Mais le chalet d'emplit de lueurs de phosphore
Et l'œil qui flamboyait lui criait pas encore
Alors Caïn courut dehors sous le ciel noir
Oubliant de payer la dame du comptoir
Et voyant que partout au milieu de cet ombre
L'œil était toujours là, le voleur d'un air sombre
Fit l'emplette d'un vase au village voisin
Et cachant dans son bras ce meuble clandestin

Il retourna chez lui, puis se croyant plus brave
Quand il se fut caché dans le fond de sa cave
Il s'assit sur l'objet en se disant : enfin !
Mais pendant deux longs jours ce fut un effort vain
Alors il se tourna furieux par derrière
Afin de contempler ce vase réfractaire
Mais il pâlit d'horreur et recula soudain
L'œil était dans le fond et regardait Caïn.

UN RÊVE ABRACADABRAN

Un jour qu'il faisait nuit et que debout couché
Je dormais dans mon lit sur un arbre perché
J'aperçus tout à coup en fermant la paupière
A travers le soleil une noire lumière
Qui par l'éclat brillant de son obscurité
Répandait dans ma chambre une sombre clarté
Chaussé de mon bonnet, coiffé de mes galoches
Je m'habille tout en mettant les deux mains dans mes poches
Puis attelant mon char à mes quatre chevaux
D'un noir de neige et d'un blanc de pruneaux
Pédestrement assis je monte en équipage

Et passe dans les airs le Mont Blanc à la nage
Mes coursiers fatigués se courbaient sous leurs flancs
Immobiles d'ardeur ils prennent le mors au dent
Et debout sur le dos galopant ventre à terre
Je parcours en ligne droite les deux hémisphères
Tel qu'on voit dans les airs un vaisseau sans voile
Naviguer et se perdre au milieu des étoiles
Ainsi qu'un plaiton dans l'éridan tombé
Je parcourais l'espace dans un ciel embourbé
Il faisait un tel froid que les rayons solaires
Me rôtissaient la peau dans les cercles polaires
Et que j'étais contraint faute de cache nez

De me mettre bras nus pour avoir chaud aux pieds
Tout à coup un pygmée aux formes gigantesques
S'approcha loin de moi et barrant mon chemin
S'enfuit en me mettant le collet sur la main
Et de ses yeux fermés me regardant en face
Ta bourse me dit-il ou sinon je t'embrasse
Tremble et vois en moi le plus féroce des agneaux
Qui des loups affamés dévore les troupeaux
Je suis né bien longtemps avant mon père
J'ai vu le jour longtemps avant ma mère
De la postérité tu vois en moi le fils
Enfant de la discorde engendré par thémis
dans un combat naval qui fut livré sur terre

je fis deux prisonniers, l'éclair et le tonnerre
sans lances, sans soldats, je vainquis un héros
qui mordit la poussière étendu sur le dos
tremble à ton tour soudain timide de colère
enfourchant mon cheval bridé par le derrière
les rênes dans un pied les mains à l'étrier
le fourreau dans l'épée il vint me défier
c'est alors que le nez me monte à la moutarde
de ma blague à tabac je sors ma hallebarde
et de l'arme empoignant le milieu par un bout
je l'ajuste si bien que je manque mon coup
il riposte et me lance en guise de caresses

son poing à la figure au défaut de la fesse
alors à la renverse retombant sur les pieds
je lui porte au derrière un grand coup sur le nez
il prend son pistolet fait feu, l'amorce rate
mais me blesse au talon en me perçant la rate
c'est ainsi que de plaisir attristé
je rendis l'âme en parfaite santé.

LETTRE D'UN MERE A SON FILS AUX TRANCHEE

Mon cher enfant

Je mets la main à la plume puis je la trempe dans l'encrier pour t'écrire ces quelques mots de billet.

Avant que tu ne t'en ailles, on ne s'apercevait pas de ton absence, mais maintenant que tu es parti, on voit bien que tu n'es plus là.

Je t'envoie six chemises neuves qui ont été faites avec six vieilles de ton frère. Quand elles seront usées, tu me les renverras pour en faire des neuves à ton petit frère.

La fièvre aphteuse règne dans le pays, sur les bêtes à cornes, je crois bien que ton père en est atteint aussi. Notre vache grise a vêlée, et ta sœur aussi, se joint à moi pour te faire des compliments.

Ton frère Gustave qui a été réformé à cause de sa jambe de bois s'est marié la semaine dernière, avec la grande Julie, tu sais, c'est celle qui nous a fait tant rire à l'enterrement de grand père. Je ne vois plus rien à te dire, si ce n'est que notre petit chien barbi a eu la queue écrasée, je te souhaite que la présente te trouve de même.
Ta mère qui t'aime signée Joséphine

LETTRES DIVERSES A LA SECURITE SOCIALE

J'ai ma femme à l'état de grossesse et désire m'inscrire à la pré natation.
Mon mari souffre d'un abcès sédentaire.
Je vis maternellement avec ma concubine
Quand mon petit a eu cinq ans, la caisse m'en a coupé la moitié
Mon mari pour le moment est décédé et jusqu'au 20, la quinzaine c'est loin.
Je possède quelques pieds de vignes que mon fils fait marcher
Mon mari est au creventorium, on lui fait un plumeau au thorax
Ca fait quinze jours que je suis au lit avec le Docteur Durand, et je voudrais en changer car il n'a encore rien fait.

Mon mari est mort depuis deux mois, que dois-je faire pour le sortir de la caisse ?

Depuis que le médecin a dit à mon mari de prendre de la courtisane, il va beaucoup mieux.

Je me suis marié il y a huit jours, dites moi comment couvrir ma femme

J'ai été victime d'un accident de la circulation provoqué par un chien en bicyclette

Fille mère, je me suis mariée après coup.

Je vis seule avec une tierce personne

Ma fille Josette este fille mère, mais elle est honnête , elle nourrir son enfant au sein, mais elle n'arrive pas à joindre les deux bouts.

RECETTE DU BONHEUR CONJUGAL

Mettez d'abord dans un bocal
Deux ou trois livres d'espérance
Puis vous y joindrez un quintal
De petits soins, de complaisance
Une mesure de bonté
Un quarteron de confiance
A discrétion de la gaité
Quatre ou cinq pots d'obéissance
Et cinq ou six livres de douceur.

LE RETOUR DES POILUS

La guerre était finie, et Dieu jusque là-haut
Parmi les astres d'or, brillant comme des phares
Entendit des clameurs et des bruits de fanfares
Et des hourrahs, partant de Douvres à Tsin-tao
Quel bruit demanda t-il trouble l'azur sans voile
Seigneur fit une voix dans les célestes chœurs
C'est le grand défilé des alliés vainqueurs
Qui passe sous l'Arc de triomphe de l'étoile
Un brouhaha courut à travers le ciel pur
La foule des élus jusque là si stoïque
Voulant voir défiler cette armée héroïque

En trombe se pressait sur le balcons d'azur
Saint Pierre en tortillant sa barbe de prophète
Fébrile, trépidant comme un vieux cocardier
Cria : faites venir Flambeau le grenadier
Il va vous expliquer les détails de la fête
Et flambeau s'avança pimpant comme à Schönbrunn
Il dit : ça me connaît la gloire militaire
Tous ces beaux régiments qui défilent sur terre
Je vais vous les nommer mes seigneurs un à un
Les cavaliers passaient avec un bruit de houle
Il annonça : Voilà les Hussards, les Dragons
Et les portes du ciel frémirent sur leur gonds
Aux transports délirants qui montaient de la foule

Ce n'est rien dit Flambeau, c'est le commencement
Voici les artilleurs dominant les trompettes
Des hourrahs si nourris qu'on eut dit des tempêtes
Soufflèrent en rafale jusqu'au firmament
Ce n'est rien dit Flambeau, vous verrez mieux j'espère
Oh ! voici le Génie et les aviateurs
Dans le vrombissement farouches des moteurs
L'immense voix du peuple assourdit Dieu le père
Puis, Flambeau annonça les marins
Cette fois la clameur bouleversa les mondes
Et le soleil conquis jeta des palmes blondes
A ces humbles, fêtés comme des souverains
Ce n'est rien, dit Flambeau d'une voix attendrie

Vous allez voir quand va passer l'infanterie
Ce sera formidable, torrentiel
J'ai peur que les hourras fassent crouler le ciel
Et voici que soudain, après ces chevauchées
Ils virent s'avancer les hommes des tranchées
Les Zouaves, les Lignards, les Chasseurs, les Alpins
Ceux qui prenaient racine ainsi que des sapins
Quand les minenwerfers déchaînaient leurs bourrasques
C'était un océan de casques et de casques
Mais au lieu de clameurs de victoire plus rien
Le silence ! Indigné Flambeau rugit. Eh bien !
Ils ont bravé pour vous la mort, la faim, le givre

Vous leur devez l'orgueil et la gloire de vivre
Et quand vient le moment de leur ouvrir les bras
Vous vous taisez ! Français vous êtes des ingrats
Mais comme il achevait à peine cette phrase
Il regarda la terre et fut remplit d'extase
Dans l'or éclaboussant du couchant radieux
Les poilus s'avançais comme des demi-Dieux
Sous leurs casques plus troués que des cibles
Et frémissants devant ces héros impassibles
Dont le regard altier semblait dire : c'est nous
Tout le peuple muet s'était mis à genoux.

                Lucien Boyer

HISTOIRE CHTI DE CAFOUGNETTE

Cafougnette était désireux d'avoir une maguette, et il lui fut conseiller de l'acheter plutôt en Belgique ou elles sont beaucoup moins chère. Un beau matin, il partir donc pour la Belgique et fit l'acquisition d'une superbe maguette qu'il mit dans un sac. Il évita de passer à la douane, mais fit la rencontre de deux douaniers qui lui demandèrent ce qu'il transportait dans son sac. Rien dit-il, c'est min tien. Il est tellement solent que je suis obligé de le transporter ainsi. Un des douaniers, pour s'assurer de la véracité de sa déclaration, caressa le sac et fut très surpris de sentir des cornes, et lui posa la question : votre chien a des cornes ?

Ce a quoi cafougnette rétorqua :
Monsieur le Douanier, elle vie privée de min tien ne vous regarde pas !
On ne parle pas de la suite de cette aventure.

TOUT LE MONDE DOIT AVOIR UN ENFANT

Dans la république du Niger à Niamey, pour enrayer la dénatalité, une loi a été votée suivant laquelle, après cinq ans de mariage, tout ménage doit avoir un enfant. En cas de non exécution, un reproducteur assermenté sera envoyé par le gouvernement afin de procéder à la reproduction de la race.

L'histoire se passe le matin suivant le cinquième anniversaire de mariage d'un couple sans enfant et sans espoir d'en avoir un par leur propre moyens.

Lui – Alors chérie, le jour fatal est arrivé, je suppose que le délégué du gouvernement ne va pas tarder à arriver. Il faut que je m'en aille car je ne désire pas le rencontrer. Il part le teins cireux. Madame met une dernière main à sa toilette.

On sonne. Elle va ouvrir et se trouve nez à nez avec un Monsieur qui n'est pas celui qu'elle croit, mais un photographe, qui a été demandé pour effectuer des photos de bébé, mais qui s'est trompé d'étage.

Lui – Bonjour Madame, je viens pour…

Elle – (lui coupant la parole) je sais je vous attendais

Lui - je m'appelle John et je suis spécialiste

Elle – Entrez je vous prie et débarrassez-vous

Lui - Votre mari est-il au courant ?

Elle – Oui, mais il a tenu à s'en allé.

Lui – Bien, Si vous êtes prête, nous pouvons nous mettre à l'œuvre.

Elle – Mon Dieu ! Tout de suite ! Ne pourriez-vous d'abord … ?

Lui – Excusez-moi, je vous comprends ; mais faites moi confiance Madame, je vais vous expliquer. Je compte faire une ou deux poses sur le lit, deux sur la chaise, une dans la salle de bain, une ou deux sur une peau de mouton, faites sur le dos ou sur le ventre comme vous préférez.

Elle – Chaise, Bain, Peau de mouton, ... Oh mon Dieu !

Lui – Ne craignez rien Madame, après vous choisirez celle que vous aimez le mieux car dites vous bien que, dans mon métier, le meilleur ne peut vous garantir un bon résultat au premier coup. C'est pour cela que nous en faisons cinq ou six.

Elle – Excusez-moi, mais vous en parlez à votre aise.

Lui – Oh Madame, le naturel, voyez-vous, c'est ce qu'il faut obtenir du sujet ; n'est-ce pas le naturel qui engendre la séduction, l'excitation, la joie ?

D'ailleurs, je vais vous montre les résultats obtenus.

Elle – Je vous en prie, prenez votre temps.

Lui – Vous avez raison, Dans mon métier, la hâte est néfaste (il ouvre un album de photos de bébés)
Regardez un peu le beau bébé, il m'a fallu quatre heures pour le faire, mais aussi je suis fier du résultat.
Elle – (se rengorgeant) Oui, je dois avouer qu'il est beau, mais quatre heures, n'est-ce pas exagéré ?
Lui – pas du tout. Pour moi, seul le fini compte. Regardez celui-ci, je l'ai fait sur le toit d'un autobus.
Elle – Ca alors, je n'aurai pas eu l'idée que cela puisse se faire en pareil endroit.
Lui – que voulez-vous, j'ai à faire à des clients difficiles, qui ont quelquefois des idées originales, et , dans mon métier, il faut se plier aux exigences de la clientèle, pour évincer la concurrence, mais c'est pour moi une jouissance d'artiste d'obtenir malgré tout un bon résultat. Regardez celle-ci, faites un après midi dans un jardin public

Elle – Un jardin public … Mais c'est un endroit très fréquenté

Lui – justement, la mère était une artiste, et elle a fait d'une pierre deux coups. Elle voulait une publicité qui espérait-elle lui donnerait la célébrité et je puis vous garantir qu'elle y a réussi au-delà de toute espérance. Mais voilà ce que je considère comme l'œuvre de ma vie, (il montre une photo de jumeaux)

Elle – des jumeaux..

Lui - dire que j'ai fait cela dans un zoo un après midi d'hiver alors qu'il neigeait

Elle – Ca alors !

Lui – oui Madame, je n'ai jamais eu à travailler dans des conditions aussi difficiles. J'ai du faire intervenir la police. Mais le comble c'est qu'un écureuil apprivoisé a pris mes accessoires pour des noix et a profité de mon désarroi pour les grignoter !...

Mais Madame, qu'est-ce qui vous prend Vous vous sentez mal ?

L'AVENTURE DE MONSIEUR CALORIFERE

Inventeur de l'appareil de chauffage que vous connaissez, et désirant un appareil nouveau, il s'associe à Monsieur Orry fils, ingénieur.

Voici son aventure :

Calorifère père fabrique un calorifère en fer avec Orry fils mais sans orifice. Calorifère fils lui, plein d'artifices fabrique un calorifère en fer avec orifice mais sans Orry fils. Calorifère père prétend devant Calorifère fils avoir seul le droit de faire un calorifère en fer avec Orry fils mais sans orifice.

Calorifère fils repousse la prétention de calorifère père pour son calorifère en fer avec Orry fils mais sans orifice.

Calorifère père intente alors un procès à Calorifère fils pour son calorifère en fer avec orifice mais sans Ori fils.

On se demande alors qui doit gagner le procès ? De Calorifère père pour son calorifère en fer avec Orry fils mais sans orifice ou de Calorifère fils pour son calorifère en fer avec orifice mais sans Orry fils. Un télégramme nous apprend que Calorifère père perd. Mauvaise affaire. Qu'alors y faire ? Calorifère père se désespère, calorifère fils s'en fiche. Calorifère père bondit alors et dit.

Fils ingrat de ton maléfice et en même temps il s'élance par l'orifice du calorifère en fer de Calorifère fils pour y chercher la mort avec Ory fils.

MANQUE UN SOU

Ca s'est passé alors que j'étais au régiment. J'avais deux grands copains et nous venions de toucher notre pécule soit 10 sous chacun.

ON a décidé de faire une petite virée en ville et on est rentré dans un café pour boire un verre. Ensuite, nous avons demandé na note et le patron nous a dit que cela faisait trente sous soit 10 sous chacun. Ce que nous payâmes.

Le patron estimant que l'on était pas très riche décida de nous faire une ristourne de 5 sous. Le garçon, estimant que la ristourne était trop grande décida de garder deux sous et de nous en remettre trois soit chacun un sous. De ce fait nous avions payé 9 sous chacun soit 27 sous et les 2 sous que le garçon avait gardé cela fait 29 sous ; ou est donc passé le dernier sou sur les trente sous du départ. Problème insoluble.

LANGAGE DE LEGUMES

A la télé, un mauvais film c'est un navet
Un imbécile c'est un cornichon
Pour envoyer promener, occupe toi de tes oignons
Pour insulter, va donc et patate
D'une fille grandie trop vite, une asperge
Si elle est volage, un cœur d'artichaut
Attendre trop longtemps c'est poireauter
Être mort c'est manger les pissenlits par la racine
Une mauvaise copie, quelle salade
Être fauché c'est manquer d'oseille
Ne pas avoir d'argent, n'avoir pas un radis
Un mauvais journal c'est une feuille de choux

Et des grandes oreilles des feuilles de choux
De quoi perdre la ciboule...

PERLES D'ECOLIERS

Charlemagne fils de parapluie
De Gaulle, ancien général qui s'occupe de la France pendant ses loisirs
Godefroy de bouillon mort de faim
Jeanne d'Arc, née à domicile, appelés par ses voix à faire son service militaire à Compiègne, elle délivra Reims et devins pucelle après la prise d'Orléans.
Joséphine de Beauharnais napoléon l'enferma dans la Malmaison
Louis XVI sans argent réunis les états généraux et mourut de terreur sur l'échafaud
Lucullus général Romain aimant les nouilles
Madame de Maintenon, rassemblait à St Cyr les jeunes filles pur sang
Mercure, fils de Jupiter, inventeur du thermomètre

Napoléon, directeur du directoire, épouse de Joséphine Baker envoya Bonaparte en Egypte.

Robespierre, collègue de Jean-Marc Thibault

Syrie, pays ou l'on débite des planches

Pouls, Si on tâte le pouls au poignet gauche et qu'on ne sent rien c'est qu'on est mort.

Syncope, quand on dépasse cinq on meurt

Et enfin la terre tourne pour qu'il ne fasse pas trop chaud.

PETITS PETS

S'il faut qu'absolument
La nature s'exhale
Que ce soit en silence
Et sans aucun scandale
En un vague soupir
Dont le discret parfum
Va s'épandre sur tout
Et n'en dénonce aucun

L'ANUSTOL

Nous nous permettons d'attirer votre attention sur le nouvel appareil anustol L'anustol est un appareil s'adaptant à l'anus humain et par un dispositif spécial rend les vents muets et leur procure un parfum de choix, violette, muguet, lilas etc…

Nous avons appris par vos amis que vous souffriez depuis longtemps d'émission de vents trop puants aussi désagréables pour vous que pour votre entourage.

Nous vous conseillons donc de faire un essai de notre appareil, qui vous permettra de les faire quand ils se préparent, au lieu de les faire étouffer, ce qui vous l'avouerait ne réussit que très rarement.

Malgré la hausse des matières premières, nous avons pu faire un prix de l'anustol à 57,95 € sans parfum et à 75 € avec parfum. En ajoutant un supplément de 15 €, vous pouvez obtenir un anustol musical avec bouton de puissance qui sous la pression des vents fait entendre des airs tels que viens poupoule, la marseillaise ou

autres. Les prix s'entendent pour les appareils fabriqués en zinc capitonnés et ouatés

contre les irritations de la peau, et s'adaptant parfaitement sur les anus normaux. Pour les anus coulissants, il est indispensable de nous indiquer les dimensions, les prix variant selon les tailles. Par commande de 10 pièces, nous pouvons vous consentir un rabais de 20%. Un de nos représentants se permettra de vous rendre visite dans la huitaine avec quelques échantillons et en cas d'anus anormal, prendra les mesures nécessaires. Nous espérons être honorés de votre confiance et vous prions d'agréer, Cher Monsieur, l'expression de nos sentiments distingués. Direction des vents péteux

LE CADEAU A LA FIANCEE

Désireux de faire un cadeau à sa fiancée à l'occasion de sa fête, un jeune homme se rend dans un magasin de nouveautés et y achète une paie de gants. Sa sœur Qui l'accompagne en profite pour acheter deux culottes de soie. Surchargée, la vendeuse se trompe d'adresse et envoie les culottes à la fiancée accompagnée d'une lettre que le jeune homme avait prié de joindre au paquet.

Ma chérie

N'ayant pas le bonheur d'être auprès de toi pour ta fête, je t'adresse un petit souvenir qui te dira ou est ma pensée en ce moment. Mon choix étant difficile, et si je me suis décidé pour cet article, c'est que j'ai remarqué que tu n'en portais pas. Ma sœur me conseillait de les prendre longs, mais la vendeuse m'a affirmé que la mode était aux courts, avec un bouton sur le côté. Elle-même en porte depuis trois mois ; elle me les a montrés. Ils sont encore propres et à peine froissés. Ma chérie, si je pouvais te les enfiler moi-même pour la première fois, quel bonheur serait le mien ; mais hélas je ne pourrai te voir que dans quelques jours aussi je me résigne à savoir que la main de beaucoup d'autres les frôleront avant la mienne. Après, j'espère que tu les porteras et qu'ainsi tu penseras à moi plusieurs fois par jour en les mettant et en les enlevant. Je les ai fait essayer par la vendeuse qui semblait avoir la même pointure que toi et je l'ai observée pendant ce temps. L'effet était ravissant et je suis certain qu'il en sera de même pour toi. Permets moi de te donner un conseil : lorsque tu les porteras pour la première fois, souffle dedans afin qu'il ne reste plus d'humidité et mets un peu de talc pour qu'ils glissent mieux.

En attendant de te les voir porter, je dépose un long baiser sur la douce peau qu'ils vont recouvrir.

LA MORT DE L'AUVERGNAT SCIEUR DE LONG

Un discours a été prononcé sur la tombe d'un auvergnat scieur de long
Adieu Auguchetin. Adieu !
Nous shommes là, touchés, pour te dire adieu pour l'éternité. Auguchetin, nous avons conchervé de toi une marque de chympathie qui ne s'effachera jamais.
Auguchetin, nous sommes conchternés par la douleur de perdre chelui qui faisait la gloire de notre corporachion, car je peux le dire, tu étais le roi des chieurs de long. Tu n'as jamais chié une fois de travers.
Oui, chiant depuis ta plus tendre enfance, tu avais acquis je ne chais quoi qui fait que pas un ne chiait comme toi. Ton père chiait, tu as voulu chier, tes enfants chirons probablement. Oui, Auguchetin ; y en avait pas un qui

pouvait te faire la pige pour chier, tu chiais dur auguchetin.

Aussi, tiens, Larfouillet qui est parmi nous peut te le dire. C'est pourtant un bon chieur, il chie dur, je te le promet, et bien quand il avait cheulement chier un petit margotin de quatre chous, y chuait comme un bœuf et toi auguchetin tu chiais des rondins gros comme la tête chans chouffler, aussi tu vois ou le travail t'a conduit. Je te le disais toujours, tu chiais de trop, cha te jouera un mauvais tour. Tu n'as pas voulu m'écouter, tu as chié jusqu'à la dernière echtrémité, te voilà bien avancé à présent ; c'est fini, tu ne chieras plus et as fini de chier pour toujours auguchetin. Cheulement, chelle qui est le plus à plaindre dans chette affaire, c'est ta pauvre femme, car avant de dévicher ton billard, tu as laissé de la besogne à la maison et qui es che qui va la finir chette besogne ?

Ce n'est pas de ta faute bien chur, la pauvre femme, la douleur l'a terrachée, elle n'a plus la force de chier la malheureuse. C'est moi maintenant qui vais chier à ta place. Tiens auguchetin, je me rappelle, tu avais tellement l'amour de ton travail que quand tu étais allé pacher huit jours à la noche de ton cousin Pierre, tu es resté huit jours sans chier, tu en étais malade. Je me rappelle encore, che grand concours de chieurs, et bien ch'est encore toi qui a chier le plus gros tas !

Au revoir auguchetin ; porte toi bien auguchetin, je vais graver chur ta tombe une épitaphe ainchi conchue : Chi git auguchetin qui fut le roi des chieurs et il est mort en chiant

Chiez pour lui.

QUELQUES DEVINETTES

1. Quel différence y a-t-il entre un garçon de café, un voleur, un grain de blé et la politique ?

2. Quelle différence y a-t-il entre un chou, un léopard et une belle mère ?

3. Quelle différence y a-t-il entre paris, l'explorateur Charcot, un ours blanc et Paul et Virginie ?

4. Lorsque Monsieur Dupont promène son chien, il aime faire le tour du jeu de paume, et il s'est aperçu que lorsqu'il commençait le tour par le Nord c'est à dire du côté ou il y a une double rangée d'arbres, il mettait pour faire le tour complet 1h 20 mn, et lorsqu'il commençait le tout par le côté sud, ou il n'y a pas d'arbres, il mettait 80 minutes. Pourquoi ?

REPONSES

1. Il participe tous les 4 aux grandes opérations de base de l'arithmétique.
Le garçon fait l'addition, le voleur fait la soustraction, le grain de blé fait la multiplication et la politique fait la division

2. Le chou est acheté sur le marché, le léopard est tacheté sur la peau
Et la belle-mère est à jeter par la fenêtre…

3. Paris est métropole, L'explorateur Charcot aime être au pole, l'ours blanc est maître au pole et Virginie aimait trop Paul.

4. C'est parce qu'une heure 20 est égal à 80 minutes.

LE BAIN DU MARSEILLAIS

L'autre jour je suis allé trouver mon médecin. Il me dit sans en avoir l'air, vous mangez trop, vous êtes trop robuste, trop fort. Hercule eut été fier d'avoir un pareil buste, vous étouffez de force et cela n'est pas sain, mais rassurez-vous j'ai le remède, je pense
Vous allez prendre SVP chaque matin un bain de lait
C'est cher mais la santé vaut bien cette dépense
Je consentis facilement et achetait du lait superbe, une merveille
Enfin de ce bon lait de Marseille supérieur cent fois à ce pauvre lait normand, et dans le nectar blanc je plonge, je m'étire, je m'allonge, je nage, je barbotte, je fais les cent coups
Transformant en vague de crème, mais bientôt mes mouvements devenaient plus lourds, difficile même, je

m'acharnais cependant à remuer toujours. Tout à coup, je me sens emprisonner comme dans un bloc de glace, ou comme une alouette au milieu d'un pâté, car à force de remuer ainsi pendant une heure avec tant d'énergie et de vélocité, de mon lait j'en avais fait du beurre.

POEME D'AUTOMNE

Me voilà éveillé, front collé au carreau
En ce matin si doux de quelques degrés chauds
Revenant d'un voyage, reposant mon désir
Dont toi, ma sœur partie de mon plaisir
A genoux sur le cuir d'une chaise vidée
Le voilage tiré, évitant de sortir
D'un rêver à demi peu à peu je respire
Un café parfumé de ma muse adorée
Tendrement apporté me fait ouvrir les yeux
Sur un monde nouveau de cette belle journée
Dans la salle de séjour encore tiède
Des cendres de bois reposant épuisées
Après tant de chaleur donnée partout aux plaids
Dehors tout est douceur et un coteau bleuté

Dessine encore des ceps et des terres de lourdeur
En nappes étagées précurseur de bonheur
Les vignes mortes s'alignent en vrais champs de beauté
Quelques demeures de pierres sèches
Piquetés ça et là en tête bèches
Semblent encore accrocher quelque vie à leur toit
Leurs cheminées exhalant vers le ciel et les bois
Des haleines fumantes à perdre leur orange
Qui s'éclaire mal vieilli au milieux des lumières
D'un soleil discret se jouant de l'étrange
Des nuages de guimauve en forme coutumières
Plus près de moi dans le lit d'une rivière
Faite de galets, de rochers et de pierre
Aux berges caressantes des arbres fascinants
Rivages lascifs ou sont donc tes amants

Parmi les saules dorés jusqu'aux aulnes frileux
Tout corsetés de lierres affectueux
Qui te bercent nonchalant en entrant dans ton lit
Insensibles à l'eau froide dans la mélancolie
Leurs cimes échevelés vrais balais de sorcières
Dodelinant lentement sous un vent dominant
C'est l'automne aujourd'hui pas plus tard qu'hier
Ou peut-être l'hiver en avance du printemps

LA BROUETTE

Tel un prince héritier qui se déguise et rôde
Afin de découvrir l'injustice et la fraude
A travers les états du roi son père, tel
Jésus reprend   parfois son jeune front mortel
Quitte en secret le firmament du père
Et blond, s'en vient un peu voyager sur la terre
Télémaque divin que, comme un vieux mentor
Le bon Saint Pierre, ôtant son auréole d'or
Pour n'être pas trahi par ses feux, accompagne

Un jour, ayant battu longuement la campagne
Le Seigneur et le Saint, on était en hiver
Firent halte en un bois dont le feuillard vert

N'était plus sur le sol que de l'humus rougeâtre.
Saint Pierre eût bien voulu s'asseoir au coin d'un âtre
Et chauffer ses vieux doigts, mais la seule maison
Qui levât son chapeau de chaume à l'horizon
Ne penchait pas au vent la plume de fumée
Qui fait rêver bon gîte et soupe parfumée
Donc, ce bois valait mieux d'autant que le soleil
Y donnait, un soleil timidement vermeil
Un soleil pas bien chaud, c'est vrai mais tout de même
Point trop à dédaigner en ce matin si blême
Et Pierre, tout fourbu d'aller par les chemins
S'étant assis, tendait vers ce soleil ses mains
Et les dégourdissait dans sa lumière rose

Cependant que Jésus rêvait à quelque chose
Debout, et ne sentant ni fatigue ni froid

Pierre cria soudain : Maître, fils de mon Roi
Regardez, regardez par ici cette femme
N'est-elle pas stupide ou folle ? Sur mon âme,
Elle veut ramasser du soleil. Voyez là

Jésus leva les yeux. Une vieille était là.
De ces vieilles des champs au dur profil de chouette
Et cette vieille avait une énorme brouette
Se tenait au milieu du sentier, à l'endroit
Qu'éclairait un rayon de soleil tombant droit
Et sitôt qu'il venait doré son véhicule
Cette femme tentait la chose ridicule
D'emporter le rayon, été poussait aux brancards

Bien vite, mais toujours aux moindres des écarts
Qu'elle faisait du point frappé par la lumière
Le soleil s'échappait de la brouette, et Pierre
Se divertissait fort à regarder ce jeu
La capture, d'abord, du beau rayon de feu
Entre les ais boueux et gros qu'il illumine
Puis sa fuite rapide, et la piteuse mine
De la vieille pauvresse, interdite un moment
Mais qui recommençait bientôt patiemment
Sans comprendre pourquoi dès qu'elle entrait dans l'ombre
Elle ne poussait plus qu'une brouette sombre.
Est-elle simple. Dieu, voyez ce qu'elle fait
Non, elle recommence
Et Pierre s'esclaffait

Mais voici que Jésus, dont l'intérêt s'éveille
S'approche et doucement interroge la vieille :
Femme, que fais-tu là, n'as-tu plus ta raison ?
Il règne un froid terrible en cette âpre saison
Et je ne comprends pas, ô femme, que tu veuilles
Au lieu de ramasser du bois sec et des feuilles
Ramasser ce rayon à peine réchauffant

C'est pour le rapporter à mon petit enfant
Dit la femme, en levant le front, je suis l'aïeule
D'un pauvre enfant malade à qui je reste seule
Car cet hiver, le père et la mère sont morts
Pour travailler, mes bras ne sont plus assez forts

Je ne peux que glaner et ce travail là chôme
Et l'enfant va mourir sous notre triste chaume
Sans même avoir connu ces douceurs, ces bonbons
Qui font sourire encore les petits moribonds
Ne pouvoir pas gâter alors qu'on est grand-mère
C'est dur. Que lui donner. Je ne savais que faire
Mais voici qu'il me dit ce matin au réveil
Je serais bien content si j'avais du soleil
Car le soleil jamais n'entre dans ma chaumière
Et mon petit garçon est privé de lumière
Alors voyant qu'ici du soleil avait luit
Je viens en ramasser un bon morceau pour lui
Et la vieille reprit avec foi sa besogne

Quand il se sent ému, Saint Pierre se renfrogne

Il dit : Elle est stupide, elle ne vois donc pas
Que son soleil s'en va dès qu'elle fait un pas
Cette vieille cervelle est dure comme pierre
Et ne comprends plus rien
Mais Jésus dit à Pierre
Pensif, ayant rêvé sur cette femme un peu
On ne sait pas ce que l'amour des simples peut
Et n'ayant pas compris toute cette parole
Saint Pierre répétait. Mais cette femme est folle
Elle est folle seigneur…Soudain il s'arrêta
Presque aussi confondu que quand le coq chanta :
Car la vieille marchait maintenant sous les branches
Et les rayons restaient entre les quatre planches

Et les rayons dans l'ombre étincelaient encore
Et paraissant pousser devant elle un tas d'or
Sans s'étonner, la vieille, impassible et muette
Emportait le soleil dans son humble brouette.

LE JARDIN SOUS LA PLUIE

Une pluie abondante et douce à la fois
Est tombée dans la terre en plein émoi
Bienfaisante à souhait pour un jardin
Qui le dira t-on, en avait bien besoin
Les pêchers laissent entrevoir une perle rose
Au creux de leurs bourgeons reverdis
Tandis que les gouttes d'eau aux branches moroses
Insensibles se prélassent dans l'interdis
Et gonflent des lampions de fête qui éclatent
De joie d'avoir échapper à leur pire ennemie
Dame gelée de mars tueuse immédiate
Qui fige de mort violente comme c'est pas permis
Tous les pêchers précoces à chair fine et dorée
Retourner dans leur tombe et pour l'éternité

Au verger, les poiriers encore jeunes alignés
Comme des enfants préparant leur première communion
Tiennent fermement aux bouts de leurs branches dorées
Leurs gentils candélabres comme des lampions
Tout chargés de lambourdes rousses et blanches
Au potager, un carré de joli terre finement bordée
Retient en quatre lignes tracées
Autant de plans d'épinards nourris
Promesse de fer pour des forces en pénurie
Ici et là des petites laitues se prélassent
Comme les limaces et pourtant assez voraces
Elles mangent les gottes qui s'éveillent
Entre les mottes fines et tandis que les radis se réveillent
Héroïques et à demi formés malgré les récents frimas

Préparent leurs corselets tout rose de joie
D'aller garnir cette fois quelque croquant hors d'œuvre
Avec humilité, la nature fait don de ces chefs d'œuvre
Au loin, les aulnes altiers et courageux
Que l'on voit à demi parmi ces jours pluvieux
Retiennent de leurs bras généreux
Un pan de ciel que l'on dirait brumeux .

HISTOIRE CEINTE

Deux religieuses font du stop. S'arrête une superbe voiture, au volant une dame dont il n'est pas difficile de deviner la profession. Après quelques hésitations, les deux sœurs impressionnées s'enhardissent à questionner. Mais, Madame, comment avez-vous fait pour avoir cette si belle voiture ?
- Tout simplement une nuit d'amour !
Et ce manteau de vison qui vous va si bien ?
- Encore une nuit d'amour !
Et ce magnifique collier de perle ?
- Toujours une nuit d'amour, pas plus tard qu'hier !
Les jolies sœurs se regardent ébahies.
Enfin la première tellement déçue, de dire.
- Il nous a bien eues Monsieur le Curé avec son porte clé !

LE CHAT DU GROSSMAN

Ce vieux bavard de Gaspard qui connaissait toutes les légendes du pays et les racontait volontiers devant une goutte de schnaps, avait traversé bien des hivers. Mais de mémoire de sabotier Vosgien, il ne se souvenait pas d'avoir vu à Saint-Quirin plus rude veille de Noël.

L'occasion lui paraissait belle de prolonger la station à l'auberge, dans la ferveur de la bière et de l'amitié. Il serait toujours temps de rejoindre le logis ou la Gertrude s'activait au fourneau. Ce soir, pour fêter dignement la naissance du Christ, on accompagnerait d'une bonne bouteille de Pinot la soupe à la farine, la quiche et les noudels.

Dehors, une bise glaciale balayait la rue, soulevant en tourbillons sinistres la neige qui tombait sans discontinuer. L'horloge venait de sonner quatre heures, mais le crépuscule avait déjà glissé des cimes vers la vallée.

Son bonnet de laine rejeté sur la nuque, Gaspard était assis près du poêle de fonte qui répandait en pétillant, une chaleur piquante dans la salle enfumée. Près des tonneaux en perse, Aloïs le vaguemestre taquinait son accordéon, un œil sur la Cécile qui se faufilait entre les tables souriante et agile, ses chopes mousseuses tenues à bout de bras.

Que le diable m'emporte si par ce temps de fin du monde, les elfes et les esprits ne battent pas la montagne ! dit Gaspard d'une voix forte.

Jérôme le charbonnier qui habitait au Blanc-Rupt esquissa un signe de croix furtif. Les autres s'étaient tus presque instantanément : Antoine et son fils Etienne qui travaillaient à la scierie Emblin rangèrent leurs dominos : les frères Kasper, le cordonnier Mathias, Vicq le bûcheron aux épaules larges comme une armoire lorraine, le père

Wetterman, Sepp l'aubergiste et l'Aloïs, tous se rapprochèrent de Gaspard dont la mine mystérieuse laissait augurer quelque histoire fantastique. Maléfique ou bienfaisant, nul en sait quel sort ces créatures réservent au voyageur égaré, poursuivit le sabotier...

Satisfait de son effet, il agita ses mains calleuses en direction de la Cécile : « Hé Hé, belle enfant, apporte moi donc un petit verre pour chasser le brouillard »

Les paupières plissées, Gaspard dirigeait son regard vers les vitres sur lesquelles le givre avait ciselé des figures de cristal. Comme s'il cherchait à retrouver par delà les carreaux, une image lointaine, perdue dans la mémoire.

« Saviez-vous, dit-il sur un ton de confidence, qu'au cours d'une nuit semblable, une nuit de Noël, j'ai reçu la visite d'un fantôme ? »

L'ambiance débonnaire et joviale, toujours un peu bruyante qui régnait sur « la pomme d'Api » céda brusquement faisant place à un silence de cathédrale. Chacun était suspendu aux lèvres de Gaspard.

Je venais d'avoir sept ans, enchaîna le sabotier. Pour la première fois de ma jeune existence, Maman et moi, nous nous apprêtions à passer seuls la nuit de la nativité. Notre père, le meilleur bûcheron du Grossman était mort deux mois auparavant dans un accident de schlitte. Nous habitions alors en lisière de la forêt.

Je me souviens des efforts que ma mère déployait pour surmonter sa peine et me donner un peu de joie en ce soir de Noël. Elle m'avait tricoté une écharpe de laine et préparé du lard au chou pour le souper. La pauvre toussait à fendre l'âme depuis qu'une pleurésie avait failli l'emporter. Mon père ne nous avait laissé que peu d'argent et ma mère travaillait dur pour faire bouillir la marmite. Lorsque je la voyais les yeux emplis de fièvre, tourner le rouet à la lumière jaunâtre de la lampe à pétrole, mon cœur se brisait de tristesse.

Ce soir là, nous nous étions couché plus tôt que d'habitude, une grosse bouillote au fond du lit. La forêt était figé dans un linceul de froidure. Près des grands sapins transis, notre chaumière disparaissait sous les congères. Un calme perfide avait succédé au vent de l'est. Il donnait l'impression que la pendule céleste s'était arrêtée de tourner.

Je luttais contre le sommeil. Dans l'âtre une bûche achevait de se consumer. Ma couverture sur le nez, je suivis l'agonie de ses dernières braises. L'idée m'effleura que le petit Jésus avait eu sûrement plus froid dans son étable, entre l'âne et le bœuf.

Maintenant que mes yeux s'étaient accoutumés aux ténèbres, je promenais un regard imaginatif sur les ombres des objets familiers : l'édredon dodu avait la silhouette noire du Donon et là-bas, posée sur la chaise basse, ma chemise de coton blanc évoquait les eaux glacées de la Sarre. Je prêtais l'oreille aux silences de la nuit, croyant percevoir le bruit intime des flocons qui venaient mourir sur les contrevents.

Au travers du rideau de lin sauvage séparant nos deux lits, me parvenait le souffle court de ma mère endormie. J'entendis glapir un renard, mais rien, absolument rien, ne trahissait la venue de celui que j'attendais. J'avais écrit une longue lettre au Père Noël et me refusait à croire qu'il n'avait pas entendu ma prière. Oh !, je ne désirais rien pour moi-même, mais je souhaitais qu'il apporte à ma mère, guérison et bien être.

Je me représentais le Bonhomme exactement comme il figurait sur les images d'Epinal, avec une barbe blanche et un habit rouge, une hotte sur le dos et des rennes qui tiraient son traîneau...

Mais à l'âge de sept ans, pouvais-je le voir autrement ?

Soudain, je tressaillis violemment. Quelqu'un grattait à la porte. Recroquevillé sous les draps, je me mis à écouter le cœur battant ce que j'interprétais comme un signe du ciel. Le grattement se faisait plus précis. Surmontant la peur qui m'étreignait, je me levais sans bruit et tirer le loquet. Un chat à 'épaisse fourrure blanche, rayée de gris était allongé sur la pierre du seuil, sa queue touffue fouettant la neige. Il miaula à peine, montrant ostensiblement sa patte droite ensanglantée. Je tremblais de froid et de déception, mais le pris néanmoins

dans mes bras pour le coucher près de la cheminée. Ma mère dormait d'un sommeil qui semblait plus paisible.

Après avoir ranimé le feu, j'entrepris de sécher l'animal et de nettoyer sa blessure. Le chat suivait mes gestes de ses yeux jaunes impénétrables. Il n'y avait dans son regard, ni trace de souffrance, ni lueur de reconnaissance.

Je lui servis un bol de lait qu'il lapa en silence. Après quoi, la queue en panache, il se dirigea sans hâte vers mon lit, sauta gracieusement sur l'édredon et se pelotonna comme si cette place avait toujours été la sienne.

Je savais désormais que le Père Noël ne viendrait plus. Peut-être s'était-il perdu entre le Hengst et Grandfontaine...

Vaguement dépité, je me recouchai en prenant soin de ne pas déranger l'étrange compagnon que la nuit m'avait envoyé et m'endormis presque aussitôt. C'est alors qu'une voix me parvint. Je mis un certain temps à comprendre que c'était le chat qui parlait. Curieusement, je n'en ressentis aucune frayeur.

Il y a très longtemps de cela, disait-il, un cordonnier nommé Hansi vivait dans cette maison avec un chat. Il confectionnait des chausses et des bottes pour le seigneur de Turquestein et le chat le débarrassait des souris qui voulait ronger son cuir. Tous deux gagnait convenablement leur pitance. Le cordonnier avait amassé une petite fortune en pièces d'or dont seul le chat connaissait le cachette. Ainsi leur vie s'écoulait doucement jusqu'à ce maudit soir ou les suédois arrivèrent.

Sans foi ni loi, ces diables blonds ravageaient le pays, tuant les hommes, les femmes, les enfants et même les animaux. Ils massacrèrent la garnison de Turquestein et rasèrent le château dont il ne reste que ruines envahies par les ronces. Les villageois, les paysans fuyaient cette calamité. Le cordonnier aurait dû les suivre, il ne put s'y résigner. Les suédois pendirent et blessèrent le chat d'un coup de pistolet. Puis ils pillèrent la maison, brûlèrent la toiture mais sans trouver la bourse dont ils ignoraient d'ailleurs l'existence.

Gaspard, c'est bien ton nom, n'est-ce pas ? Tu as été assez aimable avec moi.

Je vais te révéler ou elle se trouve. Prétendre que j'étais abasourdi et stupéfait vous paraîtra bien évident. Le chat m'expliqua effectivement comment je devais m'y prendre pour récupérer l'argent.

Lorsque je me réveillais, une bonne odeur de pain grillé flottait dans la maison. Le jour pointait par les lucarnes et mon premier coup d'œil fut pour l'édredon : le chat avait disparu.

Je bondis prestement hors du lit et regardais dessous. Rien. Maman qui s'était approchée de moi me prit dans ses bras, m'enveloppa dans son fichu et m'embrassa comme du bon pain.

Que cherches tu de si bonne heure ? me demanda t-elle.

Le chat lui dis-je, as-tu vu le chat ?

Quel chat ? s'enquis ma mère.

Celui qui est venu cette nuit. Il avait mal à la patte, je l'ai soigné et il m'a raconté une belle histoire.

Maman se mit à rire : « tu as rêvé, mon enfant !... »

Assis sur ses genoux, je lui rapportais ma nuit étrange, en oubliant de manger mes tartines. Elle m'écoutait incrédule... Je lui décrivis avec précision l'endroit ou la bourse d'or, selon le chat était censée se trouver. Je la suppliais de vérifier.

Ma mère soupira et dit : « Puisque tu y tiens, allons voir cette fameuse cachette... »

Tandis qu'elle se dirigeait vers la cheminée, mon cœur se mit à battre la chamade. Vous imaginez les amis quel espoir et quelles craintes m'habitaient ! Ce fut assurément l'instant le plus long de ma vie.

Mais lorsque je vis ma mère sur le point de défaillir, je compris que le chat n'avait pas été le fruit d'une hallucination. Elle avait tourné le crochet ou l'on pendait habituellement la crémaillère et la pierre avait pivoté. Dans la cavité se trouvait un petit sac couvert de moisissures. Je vous laisse à penser la joie que fut la nôtre. La bourse contenait 96 pièces d'or. Nous riions, nous pleurions tout à la fois. Ma mère me pressait à m'étouffer.

Au lendemain de Noël, nous partîmes pour Saint-Quirin. Ma mère put enfin entrer à l'hôpital tandis que je demeurais chez l'oncle Alphonse qui m'apprit plus tard le métier de sabotier. A sa guérison, elle acheta cette maison qui est aujourd'hui mienne et ou elle s'est éteinte dans la paix du seigneur il y aura dix ans dimanche.

L'assistance était pétrifiée. Elle contemplait Gaspard d'un air d'extase et le vieux brigand jubilait de l'admiration qu'il lisait dans les yeux.

« Allons Cécile, lança -t-il. Verse nous un dernier coup pour la route. Le moment est venu de rentrer si nous ne voulons pas tout à l'heure être en retard pour la messe. On se serra la main en se souhaitant mutuellement « joyeux

Noël » et chacun reprit le chemin de sa maison, l'esprit obnubilé par la fantastique histoire de Gaspard.

Une lueur blafarde baignait la rue déserte. Elle donnait aux flocons qui dansaient dans le vent des reflets argentés.

Gaspard n'avait que quelques centaines de mètres à parcourir. Bonnet sur les oreilles, il se mit à marcher d'un bon pas dans le froid vif, songeant au bon repas que sa Gertrude allait lui servir. Ses sabots crissaient dans la neige. Sa cape volait autour de lui. Il passa devant l'église ou le village entier se retrouverait à minuit.

Sa maison était en face, de l'autre côté de la place. Il allait traverser, mais ce qu'il vit l'arrêta net.

Un chat à l'épaisse fourrure blanche rayée de gris était assis devant sa porte et le regardait de ses yeux jaunes…

SOUVENIRS DU BIZET DE CLAIRMARAIS
Mon Papa a 16 ans en 1937

Historique

A la séparation de l'église et de l'état français, les collèges catholiques ont dû s'exiler à l'étranger. Celui de Clairmarais près de Saint Omer me semble une exception. J'y ai fait mes humanités jusqu'en seconde classique (latin et grec) sous la tutelle du Révérend Père Supérieur Gustave et Vincent de Paul de Grimonpont au Bizet. Après avoir passé 4 ans à l'alumnat Notre Dame de Grace du Bizet implanté en Belgique à 500 m de la frontière à 28 km de Béthune ma ville natale. Ce collège pour les études de la 6ème à la 3ème était tenu par des pères assomptionnistes dont le fondateur fut le Révérend Père D'Alzon originaire de Millau dans l'Aveyron.

Le siège et à Paris et le supérieur à cette époque était le Révérent Père Vincent de Paul. Sa statue fut érigée dans le Parc en 1929 à l'occasion du jubilée, probablement pour la reconstruction de l'édifice. Le précédent bâtiment dominant la plaine cachait des canons lors de la première guerre mondiale de 1914 et fut très endommagé dans la bataille. J'ai appris d'un professeur que les premiers soldats allemands venus à cheval en éclaireurs étaient des hulans et avaient été tués dans la drève (haies de grands arbres) proche du collège.

Mon frère Jean a vécu les mêmes souvenirs au Bizet de Clairmarais

Personnel de l'alumnat
des Pères assomptionnistes du Bizet en 1937

Révérend Père Vincent de Paul(Mr Grimonpont)
Révérend Père Merry (Mr Paul Sucet) sous prieur et professeur de 4° et 6°
Révérend Père Simon (Mr Tourbez) Professeur de Géologie
Révérend Père Savinien (Mr Dewaele) prêcheur et recruteur
Révérend Père Gery (Mr Delory) professeur de 5°
Révérend Père Henri Joseph (Mr Zéphyrin Mortier) professeur de 6° et professeur de chant
Frère Michel (Mr Canone) professeur de mathématique et de botanique
Mr Clovis (Boulinguiez) professeur de 7°, parle allemand
Frère Cotentin (Mr Kerrec Youn) cuisinier
Mme Becquante cuisinière

Mr Alphonse menuisier
Mme Irma, lingère
Mr Charles, jardinier
Mme Zoé lavatrice de couloir de la Vierge tous les samedis

RÉPARTITION DU TRAVAIL EN 4°

LUNDI français arithmétique grec
MARDI   grec   géologie   anglais
MERCR latin arithmétique français
JEUDI   catéchisme
Vendredi grec géographie histoire
Samedi   latin français

Voici un mois complet de mémoires.
MOIS DE JANVIER 1937 :

VENDREDI 1er JANVIER 1937

Lever à 6h comme d'habitude, puis études libres et à 7h10 grand messe chantée de la fête de la circoncision. Les frères Germain et André qui étaient venus à l'alumnat vers le 23 pour aider les Pères pendant les vacances sont encore ici. Le Révérend Père Supérieur fait célébrant et nous fait un beau sermon dans lequel il nous souhaite une bonne et sainte année 1937. Au déjeuner nous avons Deo Gratias. (ce qui signifie que l'on peut parler entre nous). A 10h 15, fin des charges et récréation pendant laquelle nous jouons au drapeau double puis étude libre jusqu'à 11h30 et de nouveau récréation jusqu'à midi. Le frère Benoit Jean actuellement soldat à Arras est arrivé hier et à joué avec nous dans la matinée. L'après midi, nous n'avons pas de promenade mais études libres. A 4h20, goûter. Le frère André nous quitte pour retourner à Lormoy ou il doit préparer une pièce pour le théâtre (de l'épiphanie). Le révérend Père Réginald vient nous rendre visite et fait célébrant aux vêpres chantées et au Salut puis nous quitte. Le père Simon comme l'a dit le Révérend Père Supérieur nous quitte pour aller se reposer chez lui pendant quelques semaines.

SAMEDI 2 JANVIER 1937

Lever à 6h, méditation par le Père Supérieur sur l'obéissance entière et surnaturelle que nous devons pratiquer, et non pas une obéissance forcée et simplement extérieure.

C'est le règlement ordinaire des jours de congés, après les charges, récréation puis études. A 11h30 de nouveau récréation et à midi le dîner. Nous allons en promenade sous la surveillance du Père Gery et du frère Germain. En allant, nous passons au presbytère du curé du Bizet France pour lui souhaiter une bonne année.

Nous revenons vers 3h10. Nous avons alors récréation jusqu'à 4h-20 l'heure du goûter pendant laquelle nous jouons à l'épervier.

Pendant la récréation qui suit le goûter, nous disons au revoir au Frère Jean Benoit qui nous quitte. Après les vêpres, nous avons tout de suite nos ¾ d'heure de classe de chant puis études libres pendant lesquelles il y a confession. A 7h10 lecture spirituelle faite par le Révérend Supérieur qui nous parle sur la politique et nous dit de bien prier pour le Pape qui est actuellement malade et couché.

DIMANCHE 3 JANVIER 1937

Lever à 6h, études libres puis méditation par le Père Merry qui nous fait une comparaison entre les bergers et les Mages, puis avec les alumnistes qui ont ou qui n'ont jamais fini parce qu'ils ont l'esprit embarrassé de choses matérielles souvent inutiles. Il en profite pour tirer cette leçon de détachement des biens de ce monde. Puis fin des charges et récréation. A 9h30 c'est aujourd'hui la fête de Geneviève ma sœur aussi je lui écris une belle carte qui je donne à Maman qui me rend visite et arrive à l'alumnat vers 11h. Elle arrive par la micheline avec Thérèse mon autre sœur. Elle est rentrée le 30 de vacances de Noël de Blandain. J'ai comme cadeau de nouvel an un gros dictionnaire Larousse très intéressant (de 1936). Nous dînons au dragon chez Marthe avec de la soupe, du dindon que Maman a apporté de la maison, des frites, de la salade et du dessert. Nous faisons même une bonne partie de billard avec Thérèse, Jean, une petite fille parente à Marthe et avec Debreyne. Nous passons une bonne partie de l'après midi avec eux. Ils nous quittent un peu avant les vêpres et à 4h25 pour pouvoir prendre le train de 5h et quelques à Armentières. Ils y vont à pied puisqu'il n'y a pas d'autobus. Comme cela

Maman sera un peu en avance pour demain, car Pierre (mon autre frère) retourne à Tournai et ses vacances de Noël qui ont commencé le 25 sont maintenant finies. Il est venu me voir avec Papa le 27 décembre 1936.

L'après midi s'est passée comme d'habitude pour ceux qui n'ont pas eu visite. Ils n'ont pourtant pas été en promenade ce jour là et ont eu étude libre à la place. Nous apprenons qu'il y a maintenant à la maison, un appareil photographique acheté à Blandain.

LUNDI 4 JANVIER 1937

Nous sommes encore en vacances de Noël, alors lever à 6h, méditation par le Révérend Père Supérieur sur ce que signifie le Saint Nom de Jésus. A 9H05 fin des charges et récréation d'une ½ heure Ensuite règlement ordinaire

MARDI 5 JANVIER 1937

Lever à 6h et méditation sur cette belle parole de l'évangile « été Jésus progressait en âge et en sagesse devant Dieu et devant les hommes »
L'après midi, nous revêtons la soutane et la cotta comme au jour de Noël pour les premières vêpres de la fête de l'Epiphanie puis études libres pendant lesquelles je lis le Rameur de galerie. A 7h10 lecture spirituelle faite par le Père Supérieur sur ce que sera la belle fête de demain.

MERCREDI 6 JANVIER 1937

Lever à 6h et méditation par le Révérend Père supérieur sur ce que signifie les présents apportés par les mages à l'enfant Jésus.
L'or est ce qu'on peut offrir de meilleur à un Roi
L'encens est l'emblème de l'adoration et la Myrrhe est le symbole de la

souffrance que devra subir Notre Seigneur puisque tout en étant Dieu, il est aussi un homme.

A 7h30 grand messe chantée, le Père Supérieur fait célébrant, le Père Géry Diacre et le frère Germain sous Diacre. Nous mettons encore soutane et cotta, de même qu'au 2ème vêpres. Après nous avons le déjeuner (chocolat et petit pain grain de café). A midi, nous avons le gâteau des rois. La fève tombe sur Jacques qui est élu roi et applaudi fortement. Il choisit pour reine son ami Angeloglori et tous deux prennent comme dauphin Béghein. Ainsi, la famille royale est bien constituée, nous buvons du vin en leur honneur. L'après midi à 3h nous chantons les vêpres et le salut. A 4h30 commence la belle séance qu'on a préparé. Nous avons eu bien du plaisir surtout avec la grande comédie « a qui le neveu » et Lycée papillon. Le drame a été fort bien joué. Le brandon et la confession rouge accompagnée de beaucoup de petits chants soit chantés par un enfant en particulier soit tous ensembles. Le Révérend Père Marie Georges y assiste ainsi que le frère Tarcisuis. La famille Menier et 4 sœurs de la Divine providence. Cette belle soirée se termina à 8h10 par le chant de l'Orémus pour le Pape. Ce jour là, nous nous sommes couchés à 9h30.

JEUDI 7 JANVIER 1937

Lever à 7h25, méditation par le Révérend Père Supérieur sur cette parole de l'évangile de l'épiphanie « vidimum stellam ejus in orient et venimus adorares dominium » Le Père insiste sur la correspondance à la grâce. A la fin des charges, le Père Supérieur m'envoie au bazar du Bizet cherche la libre Belgique. Le frère Germain est bien encore avec nous dans la matinée mais il nous quitte malheureusement pendant le dîner vers 1h . L'après midi, nous avons la promenade faite par le Père Henri Joseph qui nous conduit à Armentières visiter la magnifique église Notre Dame du Sacré Cœur et sa grande crèche avec des Saints de grandeur naturelle et des habits en toile et en soie de toutes les couleurs. Je reçois une belle lettre de Pierre qu'il m'a écrite ce matin même. Arrivée du Révérend Père Réginald qui nous fait la lecture spirituelle à 7h. A 7h ¼ , nous allons réciter le chapelet à la chapelle et à 7h ½ souper comme d'habitude.

VENDREDI 8 JANVIER 1937 :

Lever à 6h, c'est le Révérend Père Réginald qui nous fait la méditation. A 10h ½ instruction de la retraite. On nous parle sur le silence, l'humilité et la douceur. A 12h dîner. A 2h ¼ vêpres puis étude. A 3h ¼ conférence par le Père prédicateur sur le sujet bien intéressant de ce que sont les caravanes à propos des mages qui n'ont pas reculés devant les difficultés qu'ils ont eu à surmonter durant leur voyage. Il tire de là que nous devons tous persister dans la belle vocation que Dieu nous a donné. Après la récréation qui suit le gouter, nous récitons 3 dizaines de chapelet puis avons études libres pendant lesquelles certains vont se confesser ou demander la bénédiction au Père Prédicateur dans sa chambre. A 7h-20, dernière instruction pendant laquelle le Père nous parle sur la confiance et le travail. A 7h ¼ salut.

DIMANCHE 9 JANVIER 1937 :

Lever à 6h, méditation par le Révérend Père Réginald qui nous dit qu'il faut bien commencer ce nouveau trimestre et se remettre avec ardeur au travail. A 7h ½ déjeuner. C'est le Père Réginald qui dit la messe de communauté tandis que moi pendant ce temps, je sers la messe au Père supérieur à la tribune comme hier. Le Père Prédicateur nous quitte dans la matinée. Le Père Supérieur s'absente lui aussi une bonne partie de la journée et revient vers 4h.

Règlement ordinaire du Samedi des jours de classes après la récréation qui suit le goûter, et nous chantons les litanies de la Sainte Vierge, puis il y a étude de devoirs pendant laquelle la 4ème fait la narration « Départ d'un roi mage ». Quand j'ai fini, je commence une lettre pour Pierre que je finirai demain pendant l'étude libre.

DIMANCHE 10 JANVIER 1937 :

Lever à 6h et méditation par le Père Geny sur la Sainte famille dont c'est la fête aujourd'hui. Il chante la messe de communauté. Je sers la messe au Père Supérieur. Après les charges il y a de nouveau classe de catéchisme avec le Révérend Père Supérieur. La fin des charges est à 9h 25. C'est le jour des visites pour la 5ème et la 4ème , mais moi j'ai eu visite Dimanche dernier. Je reçois par l'intermédiaire de Mme Bocquet une lettre et un colis de Maman. L'après midi, promenade à Armentières sous la direction du Père Henri Joseph. Nous entrons dans la chapelle du carmel au moment ou les sœurs ont finis leur office, pour voir la belle petite crèche. A 4h ½ vêpres et Salut chanté par le Père Gény puis étude libre pendant lesquelles j'écris à mon très cher Papa.

LUNDI 11 JANVIER 1937 :

On reprend les horaires ordinaires et lever à 5h ¼ puis méditation par le Père Supérieur sur la charité. A 8h ½ classe comme d'habitude et de 10h à 10h ¼ récréation puis de nouveau études et devoirs jusqu'à midi.
La suite est sans importance.

MARDI 12 JANVIER 1937 :

Lever à 5h ¼ le Père Supérieur nous parle encore sur la charité à la méditation. La température a baissé énormément depuis quelques jours. Il a même gelé.
Le reste est sans importance.

MERCREDI 13 JANVIER 1937 :

Lever à 5h ¼ méditation par le Père Supérieur sur la correspondance à la grâce à propos des rois mages s'en retournant par un autre itinéraire.
A 7h10 lectures spirituelles qui nous parle sur la gourmandise, que les jours de visite, les friandises arrivent en stock, que beaucoup ne cessait de sucer du matin au soir et qu'il fallait supprimer cela soit en présentant tout au Père Supérieur le soir des visites, soit en n'amenant plus jamais rien que

ce soit des friandises à l'Alumnat. A choisir ou à laisser.

JEUDI 14 JANVIER 1937 :

Lever à 6h et méditation par le Père Supérieur sur cette belle parole que répondit l'enfant Jésus à ses parents quand ces derniers le retrouvèrent après trois jours dans le temple : « Ne savez vous pas que je dois être tout entier aux affaires de mon père »
Nous n'allons pas en promenade mais avons T.S.F. à la place.
Le reste sans importance.

VENDREDI 15 JANVIER 1937 :

Lever à 5h ¼ et méditation par le Père Supérieur sur le travail dont nous voyons un si bel exemple dans l'atelier de Nazareth.
Le reste sans importance.

SAMEDI 16 JANVIER 1937 :

Lever à 5h ¼ et méditation par le Père Supérieur sur l'humilité de la Sainte Vierge.
Le reste sans importance.

DIMANCHE 17 JANVIER 1937 :

Lever à 6h. A 7h ¼ messe de communauté chantée par le Révérend Père Supérieur qui nous fait un beau sermon sur le bon esprit et le mauvais esprit. Au déjeuner, chocolat, conque et confitures. Je suis servant des Pères cette semaine. L'après midi à 1h ½ promenade avec le frère Michel. Nous passons au pont de la Targuette, tournons à gauche et longeons la Lys qui a joliment montée et débordée. Les prairies qui l'environnent sont recouvertes et l'eau monte jusqu'à 40 cm de la route. Les poteaux qui limitent ces prairies sont submergés et ne laissent plus apparaître les fils barbelés.. Nous continuons notre route, passons à Armentières, au chemin des près du Hem, et revenons à la maison. Il est 4h 20 , nous avons marché 1h ½ sans s'arrêter une minute. A 4h ½ Vêpres chantées et Salut par le Père Merry, puis étude. A 7h ½ souper.

LUNDI 18 JANVIER 1937 :

Lever à 5h ¼ et méditation par le Père Supérieur sur la reconnaissance que nous prêche St Paul « este grati » Nous n'avons pas deo gratias de la journée. Il fait un temps épouvantable . Il ne cesse de pleuvoir. L'après midi le Révérend Père Simon revient parmi nous. Lecture spirituelle sur le silence et la reconnaissance.

MARDI 19 JANVIER 1937 :

Lever à 5h ¼ et méditation par le Père Supérieur qui nous dit que c'est parce que beaucoup ne prie pas, qu'ils ne donnent pas entière satisfaction. Il insiste sur cette parole de St Paul « il faut toujours prier » A 7h 10 le Père Supérieur revient donner l'ordre du jour et nous fait part de ce qu'ils ont décidé de faire. Il s'agit de donner les mentions pour la conduite.
L'après midi, on enlève la crèche.

MERCREDI 20 JANVIER 1937 :

Lever à 5h ½ puis méditation par le Révérend Père Supérieur qui nous dit qu'il faut toujours faire en sorte que nous plaisions à Dieu. Il nous parle encore sur la prière qui doit être fréquente.
A la lecture spirituelle, le Père nous parle sur l'orgueil, premier défaut des

enfants. Au souper, le livre que nous lisons chaque soir est Abraham. Ce soir il est terminé, nous avons deo gratias.

JEUDI 21 JANVIER 1937 :

Lever à 6 h puis méditation par le Révérend Père sur la vanité et nous donne maints exemples pour nous faire mieux comprendre. A 9h10 classe de catéchisme d'une heure, puis récréation pendant laquelle je vais au douche.
Il fait un beau soleil, et après la récréation, classe de chant. Le Père nous donne temps libre vers 11h 10 parce qu'on a bien chanté et à 11h ½ instruction, sorte de lecture spirituelle jusqu'à midi. Pendant la récréation d'une heure, je nettoie les douches puis promenade par le Révérend Père Merry. Nous allons loin, passons à Frelinghien et à Hauplines par la campagne et en passant devant une ferme, nous voyons tuer un porc. Nous sommes en retard

pour revenir, mais ce n'est rien et à 7h - ¼ classe de liturgie et à 7h1/4 chapelet.

VENDREDI 22 JANVIER 1937 :

Lever à 5h ¼ et méditation par le Révérend Père Supérieur qui nous rappelle que c'est aujourd'hui vendredi souvenir de la passion de Notre Seigneur, et à propos de cela, il nous parle sur le signe de la croix. Le temps a été bien sombre mais il n'a pas plu.

SAMEDI 23 JANVIER 1937 :

Lever à 5h ¼ et méditation par le Révérend Père Supérieur sur la confession. Aux vêpres, on enterre l'alleluia. Le temps est beau et le ciel serein. Nous avons du beau soleil ce matin. L'après midi, le coiffeur est venu nous couper les cheveux.

DIMANCHE 24 JANVIER 1937 :

Lever à 6h et messe de communauté chantée à 7h 10 . C'est le Révérend Père Supérieur qui fait célébrant et nous parle pendant son sermon sur la vocation. A propos de la dernière belle parole de l'évangile de ce jour. Beaucoup sont appelés mais peu sont élus. Le temps est toujours maussade. L'après midi, promenade faite par le Père Merry jusqu'au bois de la hutte et nous revenons par le même chemin. Je reçois une belle lettre de Pierre avec un timbre de 1F50 du Mont Blanc. A 7h ¼ on donne les notes de la semaine. Je suis 2ème sur 8 avec 15 ½ et 11.

LUNDI 25 JANVIER 1937 :

Lever à 5h ¼ et méditation par le Père Supérieur sur la foi et le renouveau dans notre âme à propos de la conversion de St Paul dont c'est aujourd'hui la fête.

L'après midi, nous jouons au drapeau et Bocquet en courant se heurte à un mur et se fait mal à une jambe. Règlement ordinaire et à 7h la lecture spirituelle.

MARDI 26 JANVIER 1937 :

Lever à 5h ¼ . Becquet reste couché, je fais réglementaire à sa place. A la méditation, le Révérend Père Supérieur nous parle sur la vrai et la fausse piété dont parlait dans un de ses sermons à ses paroissiens le Curé d'Ars. Le Père Vincent de Paul se défend de toucher à la neige. L'après midi, nous faisons un gros bonhomme de neige. A 7h ½ le Révérend Père Supérieur nous fait la lecture spirituelle.

MERCREDI 27 JANVIER 1937 :

Lever à 5h ¼ et à la méditation, le Révérend Père Supérieur nous dit comment l'on distingue la vraie et la fausse piété. L'après midi, j'attrape mal à la tête. La température est très froide à cause du vent. A 7h 10 lecture spirituelle encore sur la piété.

JEUDI 28 JANVIER 1937 :

Lever à 6H et méditation par le Révérend Père Supérieur sur l'amour qu'à Notre Seigneur pour la pureté. Je reçois une lettre de Thérèse avec deux beaux timbres pour collection. Elle m'apprend que Marie Burette femme de l'oncle Paul qui est à Lille est atteinte de la tuberculose et qu'elle va bientôt être en retraite.
L'après midi, Le Révérend Père Supérieur nous conduit en promenade à Frelingien et à Hauplines. La Lys déborde encore plus. Tous les champs sont inondés (profond). L'eau monte jusqu'à 30 cm de la route. Nous rentrons dans les églises de deux villages. Nous changeons de place à la chapelle et je ne

suis plus à côté de Jeannot. Le Père Supérieur nous explique aussi la signification des vitraux de la chapelle qui ont été posé en 1929 lors du jubilé de l'alumnat ainsi que la statue du Père d'Alzon qui est dans le parc devant la maison. A 6h ½ classe de liturgie jusqu'à 7h puis petite lecture spirituelle faite par un père Servite de Marie qui est arrivé pendant la promenade et qui a demandé de nous dire quelques mots sur cet ordre et nous le faire connaître. Il parcourt toutes les maisons et voyage toujours beaucoup.

VENDREDI 29 JANVIER 1937 :

Lever à 5h ¼ c'est règlement ordinaire et cependant à la fin des charges je m'habille en dimanche avec Jacques, Gauthier et Mucherie, le Révérend Père Supérieur et le père servite qui s'en retourne. Nous allons prendre l'autobus à la douane pour aller à Armentières, nous allons chez l'opticien, puis Jacques et moi chez l'oculiste à cause de mon œil droit qui est trouble. J'aurai des lunettes. Il neige beaucoup. Nous revenons pour 12 h.

SAMEDI 30 JANVIER 1937 :

Lever à 5h ¼. Le Révérend Père Supérieur à la méditation nous parle encore sur la pauvreté. Le Révérend Père Supérieur et le Père Henri Joseph s'absentent l'après midi. La température est un peu moins froide. Le soir nous n'avons pas de classe de chant. Le Révérend Père Supérieur et le Père Henri Joseph reviennent le soir. Je reçoie une lettre de Maman et une carte de Georges.

DIMANCHE 31 JANVIER 1937 :
Lever à 6h. Il y a méditation fait par le Révérend Père Supérieur sur la parabole de l'Evangile d'aujourd'hui. La semence

qui tombe sur la pierre, des épines et de la bonne terre. Dzierla retourne chez lui dans la matinée, nous ne sommes plus que 7 en 4ème comme en 7ème . L'après midi à 1h ½ étude libre. Le Révérend Père Savinien revient pour le dîner. Nous avons étude libre et à 3h promenade. Nous revenons à 5h20 pour goûter et Vêpre à 5h. A 6h – ¼ études libres. J'écris à Maman et à Pierre. A 1h ½ études libres et à 3h en promenade nous passons par Armentières . Nous entrons dans l'église s'Houplines St Charles au sortir des vêpres. Nous rentrons pour 5h -20. A 5h vêpres puis études libres jusqu'à 7h ½, il n'y a pas d'ordre du jour. Proust lit un beau compliment au Père Savinien qui nous remercie.

MOIS DE FEVRIER 1937 :
Règlement ordinaire. A noter que je porte des lunettes depuis Le 12 février.

MOIS DE MARS 1937 :
règlement ordinaire. A noter que j'ai eu 16 ans le 8 mars et je m'essaye à mes premiers pas dans la poésie avec la messe de minuit.

LA MESSE DE MINUIT.

Les cloches du village
Font entendre dans la nuit
Un bien doux ramage
C'est la messe de minuit.
Chacun sort de chez soi
Malgré la neige, le vent
Tous vont voir le grand roi
Aux attraits si charmants
Dieu qui les appelle
Près de son berceau
Monté au grand autel
Voyez s'il est beau
A la voix du prêtre
Son représentant
Vient le divin maître
Tout resplendissant

La douce musique
Qui se fait en ces lieux
Est une voix angélique
Qui descend des cieux
Les airs triomphants
Mettent l'église en fête
Chacun est joyeux
Chacun est content.

SENTIMENTS EPROUVES A LA MORT D'UN GRAND AMI
(Gérard Deleulis mort à 14 ans)

Ainsi qu'un aveugle marchant dans l'obscurité
J'errerais çà et là sans appui sans soutien
Car la mort a désuni notre intimité
Et enlève cher ami le bonheur des tiens
Combien inopinés sont les desseins de Dieu
Et combien sont terribles les choses qu'il a prévus

Hier encore nous étions charmés par tes yeux
Aujourd'hui le destin a été « ne sois plus »
Quinze ans, la joie nous avait unis
S'entraidant chaque jour et ayant bon cœur
Sentions que nos travaux de Dieu étaient bénis
Ne faisant ,nul cas du proverbe « joie fait peur »
Les larmes aux yeux je me rappelle notre jeunesse
Bon temps était lorsque assis sous les verts pommiers
Nous étalions chacun nos pensées pleines d'ivresse
Et demeurions là des après midi entières
Oh ! Mort que ton œuvre de carnage est cruelle
Cesse donc de ravir nos amis et nos frères
Ne promène plus ta faux sur nos têtes grêles

Laisse nous plus longtemps unis sur cette terre
Puis le 30 mars, le Père Supérieur de Clairmarais chante une cantate organisée par lui qui est chantée ainsi :
Sur l'air de Cadet Roussel :
Ceux du Bizet sont bien gentils
Des plus grands jusqu'au plus petits
Et leur accueil est une fête
Qui met au cœur la joie parfaite
Ah ! Ah ! Ah ! oui vraiment les bizetains sont tous charmants

Sur l'air du bon roi Dagobert :
Ce que nous disons là
C'est vrai et nous ne mentons pas
Vos fronts réjouis chers petits amis
Tout votre empressement, tout votre dévouement
Nous font un grand honneur
Et cela nous va droit au cœur

Sur l'air de Il était un petit navire :
Votre maison a chic allure

Et tout y est bien bien arrangé ohé, ohé (bis).
Sur l'air de il était une bergère :
Votre parc est splendide même en cette saison (bis)
Votre cour est spacieuse et ron et ron petit patapon
Votre cour est spacieuse et votre préau long
Votre cuisine est finie et ron et ron petit patapon
Et vous mangez du bon , bon bon
Nous reviendrons encore, du moins nous l'espérons

Sur l'air de as-tu vu la casquette :
Là dessus finissons la chansonnette
Là-dessus finissons notre chanson

Sur l'air breton (la sol fa la do sol) :
Le bizet charmant et coquet
Demeure hospitalière, soit bénie aimable et doux nid qu'abrite la frontière

Loin de périr ton souvenir
Nous suivra d'âge en âge
Et de ce jour vivra toujours la douce image
Vive le Bizet toujours.

MOIS D'AVRIL 1937 :
Règlement ordinaire, rien de particulier

MOIS DE MAI 1937 :

A noter quelques vers sur le mois de Marie
Tandis que la voix claire
Des cloches argentées
Transporte dans les airs
Ses appels cadencés

Le peuple d'alentour
A a grotte bénie
Se rassemble et accourt
Pour vénérer Marie

Comme ces pieuses gens

Venons à notre tour
Montrer notre talent
Et prouver notre amour

Oh ! toute aimable et pure
Tu es notre bonheur
De toutes les souillures
Protège notre cœur

Exaltons ta bonté
Proclamons ta puissance
Vouons pour tes bienfaits
Notre reconnaissance

MOIS DE JUIN 1937 :

Règlement ordinaire. A noter le début du tour de France le 30 juin. Magérus (Luxembourg) gagne la 1ère étape.

MOIS DE JUILLET 1937 :

C'est le mois de la quille. Le 28 juillet, jour du départ de l'alumnat du Bizet.

Maman vient nous chercher vers 8h. Nous rentrons à la maison vers 10h ayant eu la change d'avoir une auto à disposition à partir de la douane française.

- o-o-o- FIN -o-o-o-

QUELQUES BONNES HISTOIRES POUR FINIR...

Ce n'est pas suffisant pour une femme d'avoir une taille de guêpe, encore faut-il qu'elle est l'essaim.

Alors cette potion dit le pharmacien à un chauve de ses clients, ça marche ?
Non, pas vraiment répond-il mais j'entends des craquements dans ma tête. C'est normal répond le pharmacien, çà, c'est les cheveux qui poussent mais à l'intérieur...

Comment les femmes blondes savent que leur mari est fidèle. Quand elles vérifient qu'ils ne changent jamais de maîtresse.

Pourquoi trouve t-on des touches noires et des touches blanches sur un piano. Parce que l'inventeur voulait en faire un instrument universel pour les mariages et les enterrements.

Pourquoi les obsédés choisissent le Q plutôt que le R. Parce que le Q c'est un gros zéro avec une petite queue sans en avoir l'air.

Pourquoi Pinocchio ne s'intéresse qu'aux filles sérieuses ? Parce qu'il craint les allumeuses…

Un malade d'Alzheimer à son médecin. Ah Bonjour Docteur Berteau. Dites donc vous aves drôlement changé depuis la dernière fois. C'est à peine si je vous reconnais. Et le docteur : Mais je ne suis pas de Docteur Berteau, je suis le Docteur Muller, et le malade : Et en plus vous avez changé de nom… !

Votre enfant sera grand lorsqu'il ne vous demandera plus d'où il vient et ne vous dira plus ou il va…EPILOGUE

Voilà quelques bons mots, écrits souvenirs pèle mêle, blagues à ressort. Ce sont de vraies mémoires pas toutes jeunes, mais avec la fraîcheur des textes vrais de l'ancien temps.

La mémoire de 1937 sur l'alumnat du Bizet fait ressortir ce qu'un enfant de seize ans pouvait endurer pour son adolescence. Nous sommes loin de cette éducation, et nos adolescents n'en sont pas beaucoup plus heureux aujourd'hui qu'hier avec toute la rigueur des éducations anciennes. Une belle épreuve du temps qui redeviendra peut-être à la mode dans un certain temps.

© 2023, jean-louis PENIN
Édition : BoD – Books on Demand, info@bod.fr
Impression : BoD – Books on Demand,
In de Tarpen 42, Norderstedt (Allemagne)
Impression à la demande
ISBN : 978-2-3224-7188-1
Dépôt légal : Avril 2023